Tiana y el Sapo

Avda. Diagonal, 662-664, 08034 Barcelona
Adaptación: Daniel Cortés
Diseño de cubierta: Aurora Gómez. Departamento de Diseño,
División Editorial del Grupo Planeta
Primera edición: enero de 2010
ISBN: 978-84-08-08990-2
Depósito legal: B. 36.839-2009
Impresión: Gayban Gràfic, S. L. - Impreso en España

TIANA Y EL SAPO

El libro de la película

Planeta Junior

En la majestuosa mansión de la familia LaBouff, en Nueva Orleans, dos niñas muy especiales llamadas Tiana y Charlotte jugaban juntas. El padre de Charlotte, Big Daddy LaBouff, era muy rico, y siempre procuraba que a su niñita no le faltara nada.

A las dos amigas les gustaban los cuentos de hadas y vestirse de princesas, pero tenían una personalidad muy diferente. Charlotte creía que todos sus sueños se cumplirían si lo deseaba con todo su corazón, pero Tiana sabía que pedir un deseo sólo servía de algo si además uno se esforzaba mucho en hacerlo realidad.

La madre de Tiana, Eudora, era una gran costurera, y a menudo se llevaba a su hija cuando tenía que ir a trabajar a la mansión de los LaBouff. Una noche, leyó a las niñas un cuento que trataba de un príncipe que se había convertido en sapo por arte de magia y que necesitaba el beso de una princesa para volver a ser como antes.

Charlotte estaba dispuesta a besar a un sapo con tal de casarse con un príncipe, ¡pero Tiana opinaba todo lo contrario!

—¡Jamás, jamás, jamás besaría a un sapo! —exclamó.

Tiana vivía con sus padres en una humilde casa de Nueva Orleans. Aquella noche, Tiana ayudó a su padre, James, a preparar la cena. Los dos soñaban con abrir un día un restaurante en una fábrica azucarera abandonada que había junto al río.

Como les salió una cena deliciosa, Tiana y James decidieron compartirla con todos sus vecinos. ¡La velada fue un éxito, con música, risas y buena compañía!

—La comida une a personas de todo tipo —dijo el padre de Tiana—. Les calienta el cuerpo y les dibuja una sonrisa en la cara.

Antes de acostarse, Tiana quiso pedir un deseo al lucero de la tarde. Quería que se cumpliera el sueño de ella y de su padre de tener su propio restaurante.

—Pero recuerda que esa estrella sólo puede hacer parte del trabajo —le explicó James—. Tienes que ayudarla haciendo un esfuerzo por tu parte. —Entonces, recordando la cena que habían compartido aquella noche con sus vecinos y amigos, añadió—: Y nunca pierdas de vista las cosas verdaderamente importantes.

Pasaron los años y Tiana se convirtió en una hermosa joven. James había fallecido, pero Tiana seguía decidida a abrir el restaurante que siempre habían querido. No se rendiría hasta que se cumpliera el viejo sueño de ambos.

Para ello, Tiana trabajaba día y noche sirviendo comida, y ahorraba cada moneda que caía en sus manos. Sabía que un día llegaría la recompensa de todo aquel trabajo duro. Pero apenas le quedaba tiempo para descansar ni divertirse.

Un día, el apuesto príncipe Naveen de Maldonia llegó a Nueva Orleans para celebrar el carnaval. Pero en lugar de mantener un porte serio y digno, al príncipe le encantaba tocar música y flirtear. En cuanto se bajó del barco, empezó a divertirse, mientras su criado Lawrence acarreaba su equipaje entre gruñidos y traspiés.

Por su parte, Charlotte, la amiga de Tiana, estaba muy ilusionada pensando que conocería al príncipe Naveen en el baile de disfraces que se celebraría aquella noche en la mansión de los LaBouff. ¡Había que empezar los preparativos cuanto antes!

Charlotte encargó quinientos buñuelos a Tiana, que se llevó una gran alegría cuando su amiga le entregó el dinero para que los preparara. ¡Al fin había ahorrado todo el dinero que necesitaba para montar su propio negocio!

Aquella misma tarde, Tiana se reunió con los hermanos Fenner, unos agentes inmobiliarios, y les hizo una oferta para comprar la vieja azucarera que ella y su padre habían elegido tiempo atrás para convertirla en un restaurante.

Cuando los hermanos Fenner se hubieron ido, Tiana y su madre, que le había traído uno de los deliciosos platos que preparaba su padre, entraron en el ruinoso edificio.

—Será el lugar que papá y yo siempre habíamos soñado —dijo Tiana a Eudora imaginando un local espectacular, con música en vivo, parejas bailando y comensales disfrutando de una buena comida.

—Puede que tu padre no consiguiera el restaurante que siempre había querido —contestó Eudora con cariño—, pero tuvo algo mejor. Tuvo amor. Y para ti no quiero nada más que eso, cielo.

Tiana se rió. ¡El amor era lo último en lo que pensaba!

Entretanto, en la ciudad, una siniestra figura se acercó a Naveen y a Lawrence y los invitó a su misterioso salón de magia, repleto de máscaras y extraños objetos. El doctor Facilier era un malvado hechicero vudú, y tenía perversos planes para el príncipe y su criado.

Cuando Facilier les aseguró que podría proporcionarles su mayor deseo, el príncipe y su acompañante dejaron atrás sus recelos iniciales y terminaron estrechando su mano para sellar el trato. Acto seguido, la magia negra inundó la sala, mientras el hechicero lanzaba un conjuro y lo guardaba dentro de un talismán mágico...

En la mansión, llegó el momento tan esperado por Charlotte: ¡el baile de disfraces! Tiana, que llevaba un traje especial para la ocasión, servía sus buñuelos a los distinguidos invitados. Pero Charlotte no era feliz.

—¡No es justo! ¡Mi príncipe no va a venir! —se lamentó a Tiana. Entonces Charlotte alzó la vista hacia el lucero de la tarde e imploró—: Por favor, por favor, por favor...

El toque de una trompeta sonó de pronto. ¡El príncipe Naveen estaba haciendo su majestuosa entrada! Tiana se quedó boquiabierta. ¿Cómo podía haberse cumplido el deseo de su amiga? Pero a Charlotte todo le pareció normal, y corrió a bailar con su príncipe.

Al volver a su puesto de buñuelos, Tiana se enteró de que alguien había superado su oferta para comprar la azucarera. Los hermanos Fenner le dijeron que todavía podría comprarla, pero le dieron un plazo de sólo tres días para conseguir más dinero.

—Teníamos un trato —exclamó Tiana—. ¡Me lo prometieron!

Estaba tan disgustada que tropezó con el puesto de buñuelos. Se manchó el vestido, pero Charlotte se llevó a su amiga a su habitación y le prestó un precioso vestido nuevo. ¡Con aquel vestido de seda azul, Tiana parecía una verdadera princesa!

Mientras Charlotte volvía al baile, Tiana se acercó al balcón y alzó la vista hacia el lucero de la tarde. Aunque se sentía un poco tonta, cerró los ojos y formuló un deseo. Cuando volvió a abrirlos, ¡vio a un sapo mirándola!

—Supongo que querrás un beso... —dijo Tiana en broma, pensando en el cuento del príncipe sapo que tanto gustaba a Charlotte.

—Un beso estaría bien, sí —contestó el sapo.

¿Un sapo hablador? Tiana soltó un grito y se metió corriendo en la habitación de Charlotte, lanzando al pequeño animal todo lo que pillaba a mano.

—Permíteme que me presente, por favor —dijo el sapo—. Soy el príncipe Naveen de Maldonia.

—¿Un príncipe? —preguntó Tiana, confusa—. Pero yo no he deseado un príncipe. —Entonces se quedó pensativa un instante—. Espera, si tú eres el príncipe, ¿quién es el que está bailando con Charlotte?

Naveen explicó que le habían echado una maldición que lo había transformado en sapo. Había tomado a Tiana por una princesa y creía que, si ella le besaba, le devolvería su aspecto humano. Pero Tiana negó con la cabeza. ¡Ella jamás besaría a un sapo!

—Pero ¡tienes que darme un beso! —insistió Naveen—. Mira, además de ser tremendamente guapo, resulta que mi familia tiene muchísimo dinero —dijo—. Seguro que puedo ofrecerte alguna recompensa.

Tiana se compadeció del sapito. Además, quería el restaurante de sus sueños a toda costa. Había trabajado mucho para conseguirlo, y sólo necesitaba un poco más de dinero.

Armándose de valor, se acercó al sapo, cerró los ojos y lo besó.

¡PUF! Tiana se encontró de repente en medio de un remolino de chispas y humo.

Cuando abrió los ojos, Tiana vio que Naveen seguía siendo un sapo. Entonces se dio la vuelta y, de repente, se vio a sí misma en un espejo.

—¡Aaaaaaah! —chilló.

¡Su reflejo era el de una rana sentada sobre un vestido de seda azul!

¡En lugar de convertir al sapo en un príncipe, aquel beso había convertido a la muchacha en una rana! Tiana se puso frenética. Se lanzó sobre Naveen y ambos acabaron cayendo en la sala del baile de disfraces. ¡La fiesta se sumió en el caos! Pero las dos ranas se agarraron a unos globos y llegaron flotando a un pantano.

Mientras tanto, Facilier se había reunido con el falso príncipe, que era nada menos que Lawrence, el criado de Naveen.

—No puedo seguir con esto —dijo Lawrence, quitándose el talismán que llevaba colgado al cuello y que le daba su aspecto de príncipe.

Pero el malvado brujo no iba a dar su brazo a torcer. Tras haber transformado a Lawrence en príncipe y a Naveen en sapo, pretendía hacerse rico obligando al criado a casarse con Charlotte y a compartir con él la fortuna de la rica joven. Sin embargo, para mantener el conjuro transformador, Facilier necesitaba a Naveen. Sin el sapo, el talismán perdería su magia.

En el pantano, Naveen se enteró en aquel momento de que Tiana no era una verdadera princesa.

—¡Con razón no ha funcionado el beso! —exclamó, indignado—. ¡Me has mentido! ¡Llevabas una corona!

—¡Era una fiesta de disfraces! —replicó Tiana.

Pero el pantano era un lugar inhóspito lleno de peligros, y las dos ranas decidieron unir fuerzas para salir del aprieto en el que se encontraban.

—Ayúdame a escapar de este pantano y, cuando me case con Charlotte, te conseguiré ese restaurante —prometió Naveen.

A la mañana siguiente, Naveen y Tiana conocieron a un amable caimán trompetista llamado Louis. Les dijo que Mamá Odie, la reina vudú del pantano, podría ayudarlos a recuperar su aspecto humano, y accedió a llevarlos hasta ella. Si Mamá Odie convertía a Louis también en persona, podría ver cumplido su sueño de tocar la trompeta en una banda de jazz.

Los tres se pusieron en camino hacia la casa de Mamá Odie. Louis tocaba la trompeta mientras Naveen lo acompañaba con un ukelele improvisado. Pero Tiana sólo tenía un pensamiento en la cabeza: romper el hechizo que los había convertido en ranas.

Y en la mansión de los LaBouff, ¡Lawrence se estaba declarando a Charlotte! El conjuro estaba perdiendo fuerza rápidamente, pero ella estaba tan ilusionada con la idea de convertirse en princesa que ni siquiera se dio cuenta de que Lawrence estaba recuperando su aspecto.

—¡Vamos a tener una boda en carnaval! —chilló Charlotte emocionada alejándose para iniciar los preparativos.

Cuando Lawrence se fue corriendo hacia la habitación donde se alojaba, Facilier apareció ante él y le arrancó del cuello el talismán, cuya magia casi se había agotado del todo.

—Tendré que pedir más ayuda a mis amigos del otro lado —dijo el doctor Facilier entre dientes. ¡Necesitaba encontrar a Naveen!

En el pantano, Tiana y Naveen empezaron a tener hambre, ¡y al poco rato ya estaban intentando cazar moscas! De pronto, sus lenguas se dispararon en pos de la misma mosca y... ¡CHAC! ¡se quedaron unidas entre sí!

—¡Vaya! Esperad, que el viejo Louis lo arregla en un periquete —dijo el caimán al ver a sus amigos en apuros. Dio unos cuantos tirones y giros, pero las ranas acabaron más enredadas que antes.

—¡Es todo por tu culpa! —dijo Tiana a Naveen.

Por suerte, la mosca, que resultó ser una luciérnaga, ayudó a las dos ranas a desenredarse. Acto seguido, se presentó:

—Me llamo Raymond, pero todos me llaman Ray.

Cuando Ray supo a dónde se dirigían las ranas, se ofreció a guiarlas. Con un rápido silbido, convocó a su gran familia de luciérnagas para que iluminaran el camino hasta la casa de Mamá Odie.

En la ciudad, Facilier utilizó un nuevo sortilegio para invocar a los espíritus encerrados en las máscaras de su salón de magia. De repente, apareció un furioso ejército de sombras, y el brujo les pidió ayuda para encontrar a Naveen.

—¡Buscad por todas partes! —les dijo Facilier, y las sombras salieron en todas direcciones en busca del príncipe sapo.

Cerca de la casa de Mamá Odie, Ray se despidió de su familia. A la luz del atardecer, el simpático insecto describió a su gran amor, Evangeline.

—¡Es la luciérnaga más hermosa que haya brillado jamás! Hablo con Evangeline casi todas las noches. Es algo tímida. No habla mucho, pero mi corazón me dice que algún día estaremos juntos.

De pronto, ¡FLAS!, una red cayó sobre Naveen para llevárselo. ¡Tres cazadores llamados Reggie, Darnell y Dos Dedos se habían propuesto capturar a las dos ranas! Ray acudió en seguida al rescate.

—¡Un bicho tiene que hacer lo que un bicho tiene que hacer! —exclamó. Ni corto ni perezoso, se metió en la nariz de Reggie.

Naveen consiguió escapar mientras Ray distraía a Reggie, pero Tiana acabó metida en una jaula. Naveen corrió a ayudarla y, juntas, las dos ranas engañaron a los tres hombres: cuando los cazadores intentaron dar un garrotazo a las ranas, ¡terminaron golpeándose entre sí! También Ray logró zafarse de los cazadores.

—¡Nunca he visto unas ranas como éstas! —exclamó Reggie, atónito.

—Y además, ¡hablamos! —añadió Tiana, cuyo comentario hizo huir despavoridos a los cazadores.

Riendo a mandíbula batiente, las dos ranas se adentraron dando saltos en la maleza.

Mientras Ray ayudaba a Louis, que se había pinchado con unos arbustos, Tiana pidió ayuda a Naveen para preparar la cena. Él no tenía ni idea de cocinar, pero Tiana le enseñó encantada.

—Cuando vives en un castillo, te lo hacen todo —explicó Naveen—. Era una vida regalada, hasta que mis padres me dejaron sin dinero, y de pronto me di cuenta de que no sé hacer nada —dijo con voz triste.

—Tú sigue practicando, y puede que te contrate —bromeó Tiana.

Al poco rato, ambos estaban riendo mientras cocinaban. Las dos ranas empezaban a sentirse a gusto juntas.

Después de cenar, con el estómago lleno, el grupo de amigos se quedó mirando el cielo nocturno.

—Ahí está: la luciérnaga más dulce de toda la creación —suspiró Ray, alzando la vista al cielo. ¡Ray estaba enamorado del lucero de la tarde, al que llamaba Evangeline!

Inspirados por las románticas palabras de la luciérnaga, Naveen y Tiana bailaron a la luz de la luna mientras Louis tocaba una bonita canción con su trompeta, acompañado por la voz de Ray.

De pronto, las siniestras sombras enviadas por Facilier descendieron sobre el pantano y atraparon a Naveen. Gritando, Tiana se agarró a su amigo. Todos intentaron ayudar, ¡pero las sombras eran muy poderosas!

De repente, ¡FUUM! Una cegadora luz se llevó a las sombras por delante. Mamá Odie había llegado justo a tiempo para salvar a Naveen.

La reina vudú los llevó hasta su hogar, una barca encaramada en un enorme árbol. Tiana empezó a explicarse pero Mamá Odie ya sabía lo que querían.

—¡Queréis ser humanos, pero estáis ciegos a lo que necesitáis! —afirmó Mamá Odie.

Removiendo un potaje en el interior de una vieja bañera, Mamá Odie conjuró una imagen de Charlotte y su padre. Big Daddy LaBouff iba a ser coronado rey del carnaval, lo que convertía a su hija en princesa por un día. Si Naveen conseguía besar a Charlotte antes de medianoche, él y Tiana volverían a ser humanos.

¡Pero no quedaba mucho tiempo! Louis encontró un barco que navegaba por el río transportando gente que celebraba el carnaval, y las dos ranas, junto con Ray y Louis, subieron a bordo. Los pasajeros disfrazados creían que Louis era una persona con un traje de caimán, y lo invitaron a unirse a la banda de jazz.

Naveen confesó a Ray que se había enamorado de Tiana. Reflexionando sobre las palabras de Mamá Odie, se había dado cuenta de qué era lo que necesitaba y no sólo lo que quería. En cuanto volvieran a ser humanos, trabajaría intensamente para ayudar a Tiana a tener el restaurante de sus sueños.

Dispuesto a declararse, la sorprendió con una cena romántica, y ella le señaló desde el barco la azucarera donde quería abrir el restaurante. Pero a Naveen se le partió el corazón cuando supo que la fecha límite para comprarla era el día siguiente. Sólo había una forma de ayudarla a conseguir a tiempo lo que más quería: se casaría con Charlotte y le pediría que comprara el restaurante. Naveen se alejó de Tiana, muy abatido.

De repente, las sombras se abatieron sobre Naveen y lo capturaron.

En la mansión de los LaBouff, ya casi había llegado la hora de la boda del falso príncipe con Charlotte, pero Lawrence seguía teniendo su aspecto, no el del apuesto príncipe.

¡Justo entonces llegaron las sombras con Naveen! Facilier agradeció su ayuda a los temibles espíritus y utilizó al sapo para volver a llenar de magia el talismán y devolver a Lawrence el aspecto del príncipe. Tras encerrar a Naveen en un cofrecillo, los dos corrieron al desfile de carnaval para celebrar la boda.

En el puerto, Ray reveló el secreto de Naveen a Tiana.

—¡Está enamorado de ti! —dijo—. ¡En cuanto reciba ese beso, buscará otra manera de conseguirte el restaurante!

Tiana estaba pletórica. ¡Ella sentía lo mismo por Naveen! Corrió hacia el desfile para ver si Charlotte había besado ya al sapo, ¡pero lo que vio fue a Naveen, con aspecto humano, casándose con ella! Tiana, que no sabía que era Lawrence hechizado, se quedó desolada.

Pero Ray no creía que Naveen pudiera casarse con nadie más que con Tiana. Voló hasta el carromato nupcial y encontró al verdadero príncipe encerrado en el cofre. Sin perder ni un momento, Ray liberó a su amigo.

Justo cuando Charlotte y su novio estaban a punto de darse el sí, Naveen saltó sobre Lawrence y los dos se cayeron del carromato. Al ver que Facilier se acercaba a ellos, el príncipe sapo arrebató el talismán al criado, que recuperó su rechoncho aspecto. Sin un momento que perder, Naveen lanzó el talismán a Ray, que se alejó volando con él.

Furioso al ver fracasar su plan, Facilier ordenó a Lawrence que se escondiera, mientras él invocaba de nuevo a las sombras para que persiguieran a la luciérnaga.

En otra parte del desfile, Louis estaba feliz, tocando en una banda del carnaval, cuando vio pasar a Ray cargando con el pesado talismán. ¡Y Facilier y las malvadas sombras estaban pisándole los talones! Louis dejó atrás la banda de jazz para seguir a Ray.

La luciérnaga encontró a Tiana sentada en el cementerio. Le pasó el talismán y le dijo que huyera. Ray hizo todo lo que pudo para contener a las sombras con su luz, ¡pero Facilier le tumbó en el suelo de un golpe y le dio un pisotón!

Finalmente, Facilier y las tenebrosas sombras alcanzaron a Tiana. Sin pensarlo dos veces, ella sostuvo el talismán en alto y amenazó con romperlo. De este modo, acabaría con la maligna magia de Facilier.

Pero antes de que pudiera hacerlo, el malvado doctor agitó la mano y sopló hacia ella unos polvos mágicos que crearon una visión. Tiana se vio a sí misma en el restaurante de sus sueños. ¡Y volvía a ser humana!

—Para que esto sea una realidad, no tienes más que devolverme mi pequeño talismán —susurró el hechicero vudú con voz taimada. Entonces, creó una visión del padre de Tiana en el porche de su casa, tal como había sido años antes—. Y no olvides a tu pobre papá —añadió Facilier—. Qué trabajador era.

De pronto, Tiana lo vio todo claro, y plantó cara a Facilier.

—Mi padre no llegó a tener lo que quería, pero tuvo lo que necesitaba —le espetó. James siempre había sabido que lo más importante de todo era tener el amor de su familia. Y también reunir, con su cocina, a gente de todo tipo dispuesta a compartir comida y buenos ratos.

Tiana arrojó al suelo el talismán, que se rompió en mil pedazos. Ella volvió a convertirse en rana, y Facilier perdió el control de su magia negra. Por todos lados aparecieron horripilantes máscaras y muñecos, y las mortíferas sombras se arremolinaron en torno al hechicero para llevárselo. Al poco rato, de Facilier sólo quedó su chistera negra en el suelo.

Dándose cuenta de que tenía que encontrar a Naveen antes de medianoche, Tiana corrió hacia la iglesia. Cuando llegó, Charlotte y él estaban hablando. Tiana se emocionó al oír lo que decía Naveen.

—Recuerda —advirtió el príncipe sapo a Charlotte—: tienes que dar a Tiana todo el dinero que necesite para el restaurante. Porque ella... es mi Evangeline.

—¡No! —protestó Tiana, saliendo de un salto de entre las sombras—. Mi sueño no estaría completo sin ti.

Charlotte sabía reconocer el amor verdadero cuando lo tenía delante.

—Os daré un beso, alteza —dijo a Naveen—, ¡sin necesidad de boda!

Sin embargo ya era demasiado tarde. El reloj dio las doce, y Charlotte dejó de ser la princesa del carnaval. Pero a Tiana y Naveen no les importó. Estaban enamorados, aunque siguieran siendo ranas.

Sin embargo, su alegría quedó interrumpida cuando Louis se acercó corriendo. Llevaba una hoja sobre la que reposaba Ray. Facilier lo había dejado herido, y estaba muriéndose.

Abrazado a Tiana, Naveen se dirigió a Ray para decirle que iban a quedarse juntos.

—Eso me gusta —sonrió Ray, al ver a sus amigos tan enamorados—. Y a Evangeline también. —Dicho esto, su luz se apagó por última vez.

Al atardecer, Tiana y Naveen se reunieron con Louis y las luciérnagas en el pantano para decir adiós a su leal amigo Ray.

Se sentían muy tristes hasta que dirigieron su mirada al cielo, donde brillaba el lucero de la tarde. ¡Pero a su lado había otra radiante estrella que nadie había visto antes!

Ray se había reunido al fin con su amada Evangeline. La romántica luciérnaga había tenido razón desde el principio: el amor verdadero supera todos los obstáculos.

A la mañana siguiente, Mamá Odie, acompañada de su fiel serpiente Yuyu y de todos los animales del pantano, casó a las dos ranas. Cuando Naveen besó a su nueva esposa, ocurrió algo mágico: ¡las ranas recuperaron su aspecto humano!

—¡Como os dije, al besar a una princesa se rompe el hechizo! —explicó Mamá Odie entre risas.

—Y al casarte conmigo —empezó a decir Naveen—, te has convertido en...

—¡Una princesa! —terminó Tiana—. ¡Acabas de besar a una princesa!

Tiana y Naveen también quisieron compartir su alegría con su familia y sus amigos humanos, y por eso celebraron una segunda boda tan maravillosa como la primera. Eudora se emocionó al ver tan feliz a su hija, y los padres del príncipe estaban encantados al ver a su hijo convertido al fin en un joven responsable y atento.

Pronto apareció un nuevo restaurante en la ciudad: el Palacio de Tiana. La música, gracias a Louis, era un éxito, y la cocina era deliciosa. Pero lo mejor del Palacio de Tiana era que reunía a gente de todo tipo dispuesta a compartir comida y buenos ratos.

Y Tiana no podía desear nada más, porque tenía todo lo que quería... y todo lo que necesitaba.